ALBERT GLATIGNY

LE TESTAMENT
DE
L'ILLUSTRE BRIZACIER

Publié en son entier pour la première fois

Avec notice et documents de M. ROBERT DE LA VILLEHERVÉ.

Éditions de la *Revue Théâtrale*.

LOUIS GEISLER, directeur, 14, rue des Minimes, PARIS.

MCMVI

LE TESTAMENT

DE

L'ILLUSTRE BRIZACIER

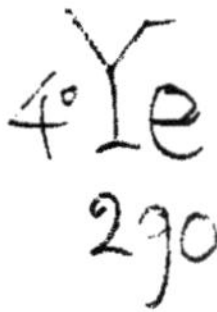

Tiré à cinq cents exemplaires,
dont dix sur papier du Japon,
numérotés et paraphés par l'Éditeur.

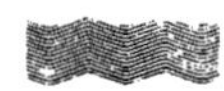

GLATIGNY, par Frédéric Régamey.

Albert GLATIGNY

LE TESTAMENT DE L'ILLUSTRE BRIZACIER

PUBLIÉ EN SON ENTIER POUR LA PREMIÈRE FOIS

d'après des placards corrigés par l'auteur, reproduits en *fac simile.*

Préface de M. Ernest d'Hervilly.

Notice et documents de M. Robert de La Villehervé.

Corrigés par M. Édouard Gauthier.

PARIS

ÉDITIONS DE LA *REVUE THÉATRALE*

Louis GEISLER, Directeur

14, rue des Minimes.

MCMVI

PRÉFACE

AUX ÉDITEURS DU POÈME

NOTRE maître illustre et charmant, Théodore de Banville, a écrit ceci de Glatigny : — « Albert Glatigny, mort si jeune, et qui « dans la vie réelle n'a joué qu'un rôle infime et dérisoire, a « occupé dans le monde idéal une très grande place, que l'avenir lui « conservera. Ce comédien errant était un grand artiste en poésie, si « grand, qu'à ce point de vue, si j'en excepte le maître des maîtres, nul « ne peut lui être préféré. »

L'avenir a déjà ratifié la parole du maître d'une façon éclatante.

Car l'avenir dont parlait l'étincelant et ingénieux lyrique, c'est notre temps présent, et il a non seulement conservé à Glatigny sa glorieuse place, mais il l'a très élargie, car si, avec les ans, disparaissent et se font rares ses premiers amis, le monde nouveau lui crée chaque jour des admirateurs nombreux, pieux et vibrants, des amis irréductibles.

Aussi, pour ces amis qui florissent aujourd'hui, cette plaquette si élégante, si généreusement éditée par des esprits érudits, affectueux, et dévoués à l'art, sera-t-elle du plus haut, du plus vif intérêt.

Car elle contient, complet, ce poème, « *âpre et franc* », comme dit M. de La Villehervé, dont on ne connaissait, et les artistes seuls, que de courts fragments, — le *Testament de Brizacier*.

Elle renferme, en outre, des détails sûrs et précieux sur la jeune vie du poète infiniment regretté.

Je n'ai donc pas à *préfacer* cette luxueuse publication, d'une œuvre inédite, palpitante de vie lyrique, d'ironie et d'esprit incisif, publication due aux recherches tenaces et patientes de fins lettrés, de poètes fervents, de cœurs braves et zélés, à la générosité de son éditeur, enfin.

Mais j'ai à les remercier, comme artiste et comme vieil ami de Glatigny, d'avoir mis au jour ce petit livre qui va enrichir les bibliophiles, et ravir les poètes, et je leur en exprime ici ma profonde gratitude, avec émotion.

Avec une vive émotion, oui, mon cher Gauthier, oui, mon cher de La Villehervé, car je sens qu'ici j'ai d'avance l'honneur, obscur que je suis, de porter la parole au nom des artistes et des lettrés que cette plaquette va charmer et attendrir.

C'est une nouvelle et brillante couronne apportée sur la tombe où dort enfin, après mille maux, ce travailleur acharné, ce poète qui répandait son âme supérieure en vers splendides et impeccables, sans relâche, tout en reconnaissant avec une probité extrême les servitudes du dur, du cruel métier qu'il avait adopté.

On a essayé, sans doute pour réjouir le cœur flasque des riches et mornes bourgeois qui haïssent les poètes, à moins qu'ils ne soient au moins marquis et millionnaires, de flétrir Albert Glatigny du sobriquet de *Bohème*.

Un bohème, un paresseux, un vaniteux, un jaloux, lui, ce producteur quotidien de belles choses, ce cœur simple et d'une bonté rare, ce haut esprit qui, je le redis, avec une probité, une conscience touchantes, régulières, apprenait, répétait, et même la nuit, en patache, d'une ville à l'autre, des rôles absurdes, écrits dans une langue à faire frémir le ciel et la terre !

La seule passion qu'eut « ce *bohème* », ce prétendu désordonné, c'était l'amour du chez soi, la recherche, à chaque instant déconcertée, hélas ! d'un petit port de travail, où, sa pauvre barque enfin à l'ancre, il eut ajouté tranquillement de nouvelles œuvres exquises à celles déjà produites.

Il l'atteignit un jour, ce port de travail, mais la mort l'attendait déjà sur la jetée, et emporta ce talent magnifique et d'un absolu désintéressement.

Le souvenir des superbes et fortes vertus d'âme de ce pur artiste est dans toutes les mémoires contemporaines.

Il convenait à un des derniers témoins de la vie agitée, mais sans cesse en travail, soit d'esclave dramatique, soit de génie poétique d'Albert Glatigny, de protester, avec mépris d'ailleurs, contre la légende envieuse et perfide que des impuissants, emboîtés par des ignorants, ont tenté, même de son vivant, de construire autour de cet homme pauvre, qui fut un poète admirable, au lieu d'être un rimeur habile, avisé, et riche.

Ernest d'HERVILLY.

A PROPOS

DU

« TESTAMENT DE L'ILLUSTRE BRIZACIER »

Avant que d'écrire son drame : *L'Illustre Brizacier*, qu'il dédia à M. Jules Claretie, auquel s'intéressa Dumaine, que M. Duquesnel ne voulut pas pour l'Odéon et qui ne fut joué qu'après la mort du poète, dans une petite salle louée en un passage non loin de la Madeleine, Albert Glatigny, dès 1862, avait « esquissé, dans *le Boulevard*, d'Étienne Carjat, la figure d'un vieux cabotin, affolé de son métier, et mourant de misère et d'espérance sur le talus d'un fossé ». Mais, infiniment mieux que dans le drame, c'est dans un poème de 1868 que Glatigny nous a donné la vraie image du héros dont il avait emprunté le nom à Gérard de Nerval et en qui, impérissablement, il s'incarna.

« Glatigny, dit M. Anatole France dans la notice qu'on lit en tête des *Œuvres* (édition Alphonse Lemerre, Paris, MDCCCLXXIX, petit in-12, p. xlj), Glatigny avait composé, dès 1868, un *Testament de l'illustre Brisacier* (sic) qui me touche beaucoup plus, je l'avouerai, que la pièce de théâtre. Le ton en est franc, le style âpre, le sentiment vrai. Je ne retrouve ni cette âpreté, ni cette franchise dans les tirades empanachées de la comédie. »

M. Anatole France en juge fort congrûment, et sa constatation n'est pas pour nous surprendre. C'est qu'en effet, lorsqu'il travaillait au drame, Glatigny venait d'épouser Mlle Emma Dennie, qu'il était heureux, et le bonheur, s'il se souvient des anciennes misères, ne laisse pas que de les parer de quelque douceur. Il y trouve des prétextes à mieux jouir de lui-même; il n'en connaît plus, il n'en ressent plus les amertumes. Quelques efforts qu'il fasse pour se les remémorer, il n'en saurait plus rencontrer ni les gémissements ni les colères. Qu'il y tâche, ce n'est qu'un tableau fait dans l'atelier, sous une lumière fausse, loin du plein air.

En ce mois de juillet 1868 où il écrivit le *Testament*, à Payolle, par Campan (Hautes-Pyrénées), Glatigny, au contraire, était, selon son expression, pauvre comme le papier Job, dans les pires embarras et sans nulles ressources, prêt à reprendre par nécessité un engagement dans une troupe qui ne resterait qu'un jour ou deux dans chaque ville, « à moins qu'un secours inespéré ne lui permît d'aller à Barèges, où il donnerait des séances », et ses vers enfiévrés et si tristes, vraiment testamentaires, sont le portrait au vif de son âme.

Autre Villon, hélas! c'est de Villon qu'il en prit le rythme, le bon huitain classique des Ballades. A qui les destinait-il? à son ami le poète Job Lazare, de son nom réel M. E. Kuhn. Pourquoi? Voici:

M. Job Lazare et lui, à Chamalières, près de Clermond-Ferrand, en janvier, avaient, à eux deux, en grand mystère, décidé de créer un journal littéraire dont ils pensaient faire quelque argent, tout en procurant au public l'occasion de lire de la prose digne d'estime et des vers qui rimeraient. Un imprimeur fut trouvé, M. Girin-Berthier, à Tarare. On imagina un titre : *Le Fouet*, auquel on renonça parce qu'Amédée Blondeau, à Paris, venait précisément de lancer sous ce même vocable un périodique; et le journal, dont Glatigny devint le gérant, s'appela *Le Falot cosmopolite*, avec ce sous-titre extraordinaire : *organe hygiénique, de sûreté, indispensable en ménage*.

Le Falot cosmopolite, avant de tomber sous les coups du Parquet « pour des motifs qu'il n'est que trop facile de comprendre, étant donné le régime impérial », qui sévissait alors à outrance, vécut onze numéros. En juillet, il vivait donc, et c'est pour lui que le 12, Glatigny expédiait à son ami, non le poème entier, mais son commencement, en lui promettant qu'il aurait la fin avant huit jours. « Comme j'y tiens beaucoup, lui écrivait-il, voyez si on ne pourrait pas garder la *composition* pour en faire un petit volume. »

Ces huit jours demandés par le poète pour achever le *Testament* furent longs. Il alla de son désert de Payolle aux Eaux-Bonnes où il réussit à gagner vingt-cinq francs, à Luchon où il trouva des lettres, et bref, le 15 août, rentré dans Payolle, malade, retenu au lit et aveuglé à moitié par un érysipèle, il confessait qu'il n'avait rien fait encore, mais: « Demain, disait-il, vous recevrez la suite du poème », et quelques lignes plus bas, moins affirmatif: « Aussitôt que je serai mieux, demain, j'espère, je vous enverrai la fin du poème. » Il ajoutait : « Je m'arrête pour aujourd'hui, parce que je n'y vois plus et que je souffre à crier. »

Cette fin tant promise du *Testament de l'illustre Brizacier*, son ami Job Lazare ne la reçut jamais et dit en son livre (*Albert Glatigny, sa vie, son œuvre*, Paris, A. H. Bécus, 1878, in-16, p. 84): « Je crois être à peu près certain qu'il ne fut jamais entièrement terminé. » Telle en était sa persuasion, au reste, qu'il publia dans *Le Falot* ce qu'il en avait reçu, et c'est, avec la lettre-préface à Monselet, les seize premières strophes, la Ballade de l'illustre Théâtre et la dix-septième strophe, dont le second vers est dénaturé par une faute qui en altère le sens et de plus l'afflige d'une très mauvaise rime.

Au dire de l'ami du poète, le *Testament* ne fut jamais réimprimé, et personne n'ayant rectifié cette assertion, il semblait bien qu'en effet le poème fût resté inachevé, quand, ô surprise! une épreuve corrigée de la main même de Glatigny et conservée dans les papiers de sa famille nous en livre un texte absolument complet, et qui, à la strophe XVII en ajoute six, menant l'œuvre jusqu'à sa conclusion logique et indubitable.

Dès l'abord il apparaît que notre épreuve ne peut venir de l'imprimerie de Tarare, ne fut pas faite à l'usage du *Falot*, sans quoi l'erreur de M. Job Lazare ne pourrait aucunement s'expliquer; puis elle offre avec le texte que l'ami du poète a donné dans son livre précité, des variantes qui démontrent clairement la différence d'origine. Le *Testament* fut donc imprimé deux fois — et la seconde fois, ce fut pour un journal de théâtres, de Toulouse, le *Méphistophélès*, qui en commença tout au moins la publication, pour la suivre, en bouche-trou, quand il aurait de la place. A preuve :

1° Que le dernier feuillet de l'épreuve est tiré au verso d'une coupure de ce *Méphistophélès*. On lit par transparence, nos feuillets étant collés avec des pains à cacheter sur des pages blanches laissant aux corrections une vaste marge, le commencement du titre, *Méph...*, du sous-titre, *Jour...*, le nom du rédacteur en chef E. Lydo, le prix des abonnements : Toulouse, un an, 12 fr. ; Départements, un an, 13 fr., et au-dessous, le commencement du nom d'un comédien, M. Ga..., dont quelque caricaturiste avait fait un Jupiter; plus bas on aperçoit l'avant-bras nu et le poing crispé, tenant la foudre.

Et 2° qu'un autre feuillet, le quatrième, nous donne ce dessous : un fragment de la strophe IX du *Testament* (les six derniers vers), la Xe et la XIe, avec ensuite l'indication entre parenthèses : *La suite prochainement*.

Quelques-uns de ces dos de notre épreuve sont curieux encore. Si la plupart ne contiennent que des bouts de comptes rendus sans intérêt ou des mots de la fin d'une bêtise énorme, il s'y trouve des bribes de dessins où notamment, dans un bouquet de têtes, des portraits se remarquent de Rochefort et de Littré; et l'un deux, le deuxième, nous donne des vers qui pourraient bien être de Glatigny. Il faudrait supposer toutefois que, exceptionnellement — car il avait une bonne écriture — il les aurait griffonnés d'une terrible façon, le compositeur en ayant laissé plusieurs en blanc, comme ne parvenant pas à en déchiffrer la cacographie :

Comme ces flambeaux qu'on révère,
Comme Rousseau, comme Voltaire,
Il a déjà son Panthéon !
Bravant mites, vers et poussière,
Sans craindre des ans la colère,
Mieux embaumé qu'un Pharaon !

Plus durable (ou moins éphémère
Que..............................
....
....
Mais, bras et jambes, il n'est guère
Possible de les mettre à neuf !
Plus stable, aussi plus sédentaire
Que..............................
....
....
Dont notre cité sera fière.....
Quand nous aurons des temps meilleurs !

Tu peux, ô castor prolétaire,
D'un avenir aussi prospère
Être à bon droit enorgueilli !
Pour nous, battus d'un vent contraire,
A la guerre comme à la guerre !
Et pour adoucir notre ennui,

Devant ta vitrine légère...

La suite manque. Mais, j'y songe, n'aurions-nous pas là plutôt un exemple des mutilations auxquelles obligeait, dans les œuvres des artistes, la juste crainte des scrupules des parquets impériaux, prompts distributeurs d'amendes et de mois de prison.

Pour avoir manqué de prudence, *Le Falot cosmopolite* venait de mourir quand Glatigny rêvait encore de s'en faire un moyen d'existence et de passer à le diriger des jours désormais paisibles dans la tranquillité de Tarare. Mais toute la réserve et tous les points suspensifs du ***Méphistophélès*** ne devaient pas sauver notre poète de l'obscurité des cachots et du poids des fers. Sa destinée le poussait vers la Corse, et le féroce et grotesque Theissein, maréchal des logis à Bocognano, cherchait déjà l'introuvable Jud !

Or donc, le voici, en son intégrité, ce *Testament de l'illustre Brizacier,* âpre et franc, en effet, et dont la sincérité est bien faite pour prendre et étreindre les âmes.

Il est intéressant de le lire sur cette épreuve que le poète corrigea ; mais, prenez-y garde, quelques fautes lui échappèrent, et, à la strophe I, vers 5, il faut, impérieusement, au lieu de :

Je me recueille et me dispose

qu'il laissa :

Je me recueille et je dispose,

comme porte le texte de M. Job Lazare.

De même, le premier vers de la strophe XIV doit se lire :

Enfant, j'aimais la libre vie.

Enfin, au quatrième vers du premier huitain, dans la Ballade de l'illustre Théâtre, il sied de supprimer une virgule inopportune. On lira :

De pampres, de festons de lierre,

Les autres incorrections typographiques importent moins. On y suppléera aisément. Au reste, nous donnerons plus loin un tableau exact de toutes les variantes que présente notre texte avec celui, incomplet, qu'on connaissait.

Robert de LA VILLEHERVÉ.

LE TESTAMENT

DE

L'ILLUSTRE BRIZACIER

LE

TESTAMENT DE L'ILLUSTRE BRIZACIER

—

PRÉFACE

—

A Charles MONSELET

Pourquoi ai-je choisi « parmi tant de héros », l'illustre Brizacier, cet Achille d'un nouveau roman comique, entrevu par la poétique fantaisie de Gérard de Nerval ? Il est inutile de te le dire. Tu connais depuis longtemps ma sympathie et mon amour pour ces personnages aventureux, moitié réels, moitié chimériques. Je les ai suivis toujours sur les grands chemins, les épiant, tâchant de me mêler à eux. Si je n'ai pu approcher ces deux héros, je me suis transporté dans les pays où la fantaisie des poëtes les fait passer. Au Mans, j'ai évoqué la blanche apparition de Mlle de l'Etoile ; j'ai suivi pieusement l'itinéraire du baron de Sigognac, de Mont-de-Marsan à Paris ; je suis resté en extase devant une grange abandonnée où les comédiens d'autrefois avaient peut-être joué le *Venceslas*, de Rotrou, ou la farce du *Médecin Volant*.

« J'étais noble et puissant, n'est-ce pas, sous le casque doré aux crins de pourpre, sous la cuirasse étincelante, et drapé d'un manteau d'azur ! » Oh ! pauvre Brizacier ! Ce manteau d'azur et cette cuirasse étincelante, tu ne les a portés que dans tes rêves. Tu as joué *l'Honneur et l'Argent*, tu as joué les *Noces de Merluchet*, et voilà tout. Quelquefois, lorsque tu arrivais l premier à la répétition du matin, seul, entre les portants où frissonnait l'horreur de la toile peinte, tu t'i-

maginais la salle obscure soudainement illuminée, et dans les loges, les amusants gentilshommes campagnards aux habits chamarrés. Alors tu étais pour un instant, le Don Lope du *Feint Astrologue*, ou le jeune Andronic, jusqu'au moment où le brutal éclat de rire de tes camarades venait te rappeler à la réalité de la *Valse de Giselle* et de la *Robe et les Bottes* !

Ce comédien dont l'histoire n'a pas été écrite, je l'aime entre tous ; c'est pourquoi je lui ai emprunté son nom pour le mettre à la première page de ce livre. Quant à la forme de ce poème, j'ai trouvé tout préparé l'admirable moule de Villon et m'en suis servi. Je ne sais pourquoi on a laissé oublier ce rhythme sonore et musical. Ces huitains où la même rime revenant quatre fois carillonne si bien à l'oreille, et ces ballades aux tours si charmants. Un pareil cadre est on ne peut mieux propre à contenir les chimères éparpillées, s'échappant à droite et à gauche. La précision de la forme est indispensable dans un recueil forcément diffus, qui est tout ce qu'on veut, un poème ou une suite de songes dont on se souvient et que l'on cherche à fixer.

Accepte ce petit livre, mon bon Charles. Sa sincérité te séduira, et quant au reste, je sais que tu trouves encore du plaisir en l'agencement d'une strophe, et que les poètes obscurs sont tes amis.

Albert GLATIGNY.

TESTAMENT DE L'ILLUSTRE BRIZACIER

POÈME ~~INÉDIT~~

~~(Suite.)~~

I.

Comme ceci peut advenir
Que demain, la paupière close,
Tout roide on me fasse tenir
Dans le cercuil froid et morose,
Je me recueille et me dispose
Mon testament qu'on ouvrira
Le beau jour où ce quelque chose
Que j'appelle moi pourrira.

II.

Pensons tout d'abord à mon âme.
Pourquoi? je m'inquiète peu
De connaître qui la réclame
Lorsque j'aurai fini le jeu
De respirer sous le ciel bleu.

Que le diable d'enfer m'emporte, —
Je n'y crois guère plus qu'en Dieu.
S'il existe ou non, peu m'importe!

III.

Revivrai-je? — je n'y crois pas :
Lorsque vous êtes mort, vous l'êtes.
Je doute qu'après mon trépas
Avec mes voisins les squelettes,
Je fasse encore des emplettes
De papier blanc et de journaux,
Cependant que les violettes
Prendront racine dans mes os.

IV.

Donc, je désire qu'on m'enterre
Sans prêtres chantant du latin,
Sans cloches et sans psaume austère
Se lamentant sur mon destin,
Mais que l'on m'enterre un matin
De soleil, pour que nul n'essuie,
Suivant mon cortége incertain,
De vent, de bourrasque ou de pluie!

V.

Car n'ayant jamais fait de mal
A quiconque ici, je désire
Quand mon cadavre sépulcral
Aura la pâleur de la cire,
Ne pas, en m'en allant, occire
Des suites d'un rhume fâcheux
Quelque pauvre dévoué sire
Qui suivra mon corps de faucheux!

VI.

Il faut bien qu'un ami me reste
Quand je serai je ne sais où,
Faisant mon éternelle sieste,
Pour dire : j'ai connu ce fou
Dont la cervelle avait un trou,
Lucarne à tous les vents ouverte,
Et qui n'eut jamais plus le sou
Qu'un oiseau dans la forêt verte.

VII.

Qui mènera le deuil ? Margot,
L'amante des jeunes années,
Experte à marier l'argot
Avec les phrases surannées
Par feu Dorat enrubannées,
Ou Léontine, ou Rosita ?
Laquelle de ces haquenées
Que jadis mon désir monta ?

VIII.

Ah peut-être déja sont-elles
Dans le cimetière où je vais,
Ces amoureuses de dentelles
Aux genoux de qui je rêvais,
Ces compagnes des jours mauvais,
Insoucieuses et charmantes,
Légères comme les duvets
Pour qui les brises sont tourmentes !

16

IX.

Peut-être elles m'ont précédé
Dans le sommeil lourd et sans trève
Où l'on est sûr d'être gardé
A jamais de tout mauvais rêve!
Peut-être leur chanson s'achève
En quelque hoquet douloureux,
Leurs beaux yeux aux éclairs de glaive
Sont déjà deux trous noirs et creux!

X.

Je vieillis, — la chose est certaine,
J'entends tinter, lugubre glas!
Les coups pesants de la trentaine.
Comme en hiver sur le verglas
Je glisse sur la pente, hélas!
De l'abime béant et sombre,
Et vais bientôt, sans être las,
M'étendre sur le lit de l'ombre.

XI.

Dans mes veines s'éteint le feu
Joyeux de l'ardente jeunesse,
Adieu soleil! gaîtés adieu!
A quoi servent ruse et finesse?
Il faut que je le reconnaisse;
De l'âge, j'ai subi l'affront;
Pelé comme une vieille ânesse,
Vers le sol je courbe le front!

XII.

Il est passé le temps des jeûnes
Que nous supportons si gaîment.
Alors que lestes, frais et jeunes
La vie est un enchantement.
L'estomac devient alarmant,
Il geint, il grogne, il nous tiraille,
Il est vainqueur présentement
Bafoué jadis il nous raille !

XIII.

J'évoque les jours envolés,
Jours de clair soleil et d'orage
Où tous contrastes sont mêlés :
Heur, malheur, bon port et naufrage.

Oh ! les beaux châteaux que la rage
De la tempête a mis à bas !
Le cœur fault et se décourage
Au penser de tant de combats.

XIV.

Enfant, j'aimai la libre vie
De ceux-là qui s'en vont joyeux
Après la chimère suivie
Sous la tente vaste des cieux.
J'aimais ces deux insoucieux
Qui, devant les palais de toile,
Récitent des vers précieux :
Fracasse, *Destin* et l'*Etoile*.

XV.

Et comme le bon *Ragotin*,
Appelant l'espoir à mon aide,
J'écoutai la voix du lutin
Invisible qui nous obsède.
Les drames de la Calprenède
Tourbillonnaient dans mon cerveau
Etroit comme la corde raide
Je suivis le chemin nouveau.

XVI.

O déconvenue éclatante !
O rêves ! quoi ! c'était cela

Cette vision miroitante
De fard, de blanc, de falbala,
D'acteurs en habits de gala ?
Aujourd'hui, contristé, malade,
Au tréteau qui m'ensorcela,
Je viens léguer cette ballade :

BALLADE

De l'illustre Théâtre.

Voici les gais aventuriers
A qui la poupre est familière,
O fronts couronnés de lauriers,
De pampres, de festons, de lierre,
Salut, compagnons de Molière
Buvant aux sources de cristal !
Mais quel oiseau dans la volière ?
— Ja vu Sosthène Ducantal !

O doux héros injuriés,
Quelle fortune singulière
Fait de vous des gens mariés
A quelque tâche journalière ?
Jadis, la lyre en bandoulière
Vous marchiez vers le ciel natal,

(10)

Suivant l'étoile hospitalière.
— J'ai vu Sosthène Ducantal !

C'est vous, lutteurs ! c'est vous guerriers !
L'art n'est plus qu'un auxiliaire
Des accessoires variés !
Ça ! quelle est cette fourmillière
De nains mettant la muselière
Au chant joyeux, libre et brutal ?
Bohême où ton nobiliaire ?
— J'ai vu Sosthène Ducantal.

Envoi.

Muse autrefois irrégulière
A l'embonpoint oriental,
Dans ta maigreur point de salière.
— J'ai vu Sosthène Ducantal.

XVII.

Et cependant je l'aime encore
Ce métier de libre penseur
Par les bois qu'éveille l'aurore !
Cassandre, Scapin, Empereur,
Sur mon corps de saule pleureur,
J'aime ces oripaux fantasques,
Et je m'énivre avec fureur
En la société des masques.

(11)

XVIII

Seul, peut-être, j'ai conservé
L'amour de l'ardente chimère,
Et je bats encor le pavé
En étudiant la grammaire
Que Thespis au pays d'Homère
Apprenait en se promenant.
Ce feu qu'on disait éphémère
Me brûle encore maintenant.

XIX

O cabotins que l'on bafoue,
Je suis des vôtres ! oui, j'en suis !
Oui, votre rouge sur ma joue
Cache la pâleur des ennuis.
Je vous suivrai dans les reduits
Mystérieux où l'Espérance
Illumine l'horreur des nuits
Et vient apaiser la souffrance.

XX

Frères que je voudrais meilleurs,
J'irai, cœur débordant de joie,
Hautain et raillant les railleurs
Jusqu'au bout sombre de la voie,
Malgré l'averse que m'envoie
Le nuage hostile aux passants,
Pourvu que, par instants, je voie
Passer mes rêves frémissants !

XXI

L'Idéal est en moi. Qu'importe
Le reste ? O désillusion,
Tu ne seras pas la plus forte !
L'espoir fait toujours faction,
Le songe devient action !
Le renoncement lâche et blême
N'est pour rien dans ma passion,
L'âge vient : je reste moi-même.

XXII

Et cependant, vous le savez,
Vous étoiles qui m'endormîtes,
Que de chemins non retrouvés,
Que d'horizons clos de limites !
Que de projets, que de marmites
Renversés misérablement !
Manteaux augustes dont les mites
Ont rongé la pourpre qui ment !

XXIII

J'ai rempli jusqu'au bout mon rôle
De jocrisse aux airs hébétés,
Dans cette farce toujours drôle
Des premiers rêves avortés,
Et mes chants d'espoir répétés
Par des échos à la voix fausse
Ressemblent aux chants sanglotés
Le jour des morts près d'une fosse.

COMPARAISON

DU TEXTE QU'ON VIENT DE LIRE

AVEC CELUI DE M. JOB LAZARE

Le texte de M. Job Lazare donne les leçons suivantes :

Feuillet	1, ligne	3.	— entrevu par la poétique rêverie
—	—	15.	— peut-être joué le *Venceslas* de Rotrou,
—	—	20.	— Brizacier ! ce manteau
—	—	23.	— Quelquefois, lorsque tu arrivais premier
—	2	3.	— Alors tu étais pour un instant
—	—	4.	— le Don Lope, du *Feint astrologue*,
—	—	14.	— Ces huitains où la rime
—	—	22.	— mon bon Charles ; sa sincérité
—	3, vers	3.	— Tout roide, on me fasse tenir
—	—	5.	— Je me recueille et je dispose
—	—	8.	— Que j'appelle moi, pourrira.
—	—	10.	— Pourquoi ? Je m'inquiète peu
—	—	11.	— De connaître qui la réclame,
—	4	2.	— Je n'y crois guère plus qu'à Dieu,
—	—	4.	— Revivrai-je ? — Je ne crois pas.
—	—	6.	— Je doute qu'après mon trépas.
—	—	14.	— Sans cloches et sans psaume austère,
—	—	15.	— Se lamentant sur mon destin.
—	—	21.	— A quiconque ici, je désire,
—	5	1.	— Il faut bien qu'un ami me reste,
—	—	2.	— Quand je serai je ne sais où,
—	—	4.	— Pour dire j'ai connu ce fou,

Feuillet 5, vers 9. — Qui mènera le deuil ? Margot,
— — 11. — Experte à manier l'argot,
— — 12. — Avec des phrases surannées,
— — 17. — Ah ! peut-être déjà sont-elles
— — 23. — Légères comme des duvets,
— 6 8. — Sont déjà deux trous noirs et creux.
— — 9. — Je vieillis, la chose est certaine,
— — 18. — Joyeux de l'ardente jeunesse.
— — 19. — Adieu soleil, gaîté adieu !
— — 20. — A quoi servent ruse, finesse ?
— — 21. — Il faut que je le reconnaisse,
— — 22. — De l'âge j'ai subi l'affront :
— 7 2. — Que nous supportions si gaîment,
— — 3. — Alors que lestes, frais et jeunes,
— — 6. — Il gémit, il grogne, il tiraille,
— — 7. — Il est vainqueur présentement :
— — 8. — Bafoué jadis, il nous raille.
— — 9. — J'évoque les jours envolés
— — 12. — Heur, malheur, bon port et naufrage,
— 8 2. — De la tempête à mis bas !
— — 5. — Enfant, j'aimais la libre vie
— — 6. — De ceux-là qui s'en vont joyeux,
— — 7. — Après la chimère suivie,
— — 18. — Tourbillonnaient dans mon cerveau ;
— 9 6. — Je viens léguer cette Ballade :
— — 8. — A qui la pourpre est familière.
— — 10. — Des pampres, des festons de lierre,
— 10 3. — C'est vous, lutteurs ! c'est vous, guerriers
— — 6. — Ça ! quelle est cette fourmilière
— — 8. — Au chant joyeux, libre et brutal !
— — 9. — Bohème au ton nobiliaire ?
— — 10. — — J'ai vu Sosthène Ducantal ! (*)
— — 11. — Muse autrefois irrégulière,
— — 13. — Dans ta maigreur point de salière,
— — 14. — — J'ai vu Sosthène Ducantal !
— — 16. — Ce métier de libre-penseur,
— — 18. — *Cassandre*, *Scapin*, empereur,
— — 19. — Sur mon corps de saule pleureur
— — 20. — J'aime ces oripaux fantasques,
— — 22. — En la Société des masques !

(*) Sosthène Ducantal, auquel fait allusion la « Ballade de l'illustre Théâtre », était un chanteur soit chimérique, soit réel, qui n'avait qu'une note, et à travers la France, errait pour la faire entendre de théâtre en théâtre.

POSTFACE

Il n'est pas déplaisant qu'aux récits de la vie d'un poète tel qu'Albert Glatigny se mêle un peu d'imprécision et de légende, mais la vérité a bien aussi quelque prix, et, ne fût-ce que par respect pour elle, on a cru faire à propos que de noter ici des renseignements et des dates — broutilles, si l'on veut, mais broutilles qui sur plus d'un point permettront de rectifier des erreurs ayant cours.

On sait que longtemps le doute subsista si Glatigny était né à Lillebonne, qui naguère effaça son nom de la plaque de rue où on l'avait inscrit, ou bien à Bernay qui tout aussitôt lui donna une de ses voies ; un acte de naissance d'un autre Albert Glatigny, cousin de notre poète, publié par M. Job Lazare dans l'ouvrage déjà cité, vint compliquer la question, depuis élucidée, mais qui fut ardemment débattue. Voici, à titre documentaire, l'extrait du registre de l'Etat-Civil de la ville de Lillebonne qui concerne le rimeur des *Vignes Folles* et des *Flèches d'Or :*

« L'an mil huit cent trente-neuf, le vingt-deux mai, à huit heures du matin,

« Devant Nous soussigné, Joseph Rouget, maire, officier de l'Etat-Civil de la ville de Lillebonne,

« Acte de naissance de Albert-Joseph-Alexandre Glatigny, du sexe masculin, né hier vingt-et-un mai, à deux heures de l'après-midi, au domicile de ses père et mère, rue du Château, à Lillebonne, fils de Joseph-Sénateur Glatigny, charpentier en cette ville, et de Rose-Alexandrine Masson, couturière, son épouse, sur la présentation et déclaration à nous faite par le père de l'enfant, en présence des sieurs Victor Prével, âgé de quarante-deux ans, bourrelier, et Joseph-Hyacinthe Laplace, âgé de trente-huit ans, cordonnier, tous deux demeurant à Lillebonne, témoins qui ont signé, avec le déclarant, le présent et après lecture faite.

« Lillebonne, le 22 mai 1839.

« Le maire, officier de l'État-Civil,

« *Signé :* ROUGET. »

Cette rue du Château où naquit le poète était dénommée plus communément rue Césarine. C'est où il passa ses quatre premières années jusqu'au 31 mai 1844, époque à laquelle le charpentier, qui avait été libéré du service militaire comme brigadier au 15e régiment d'artillerie-pontonniers, fut nommé gendarme à Rouen et y emmena sa famille; mais le 24 décembre 1845, il passait gendarme à Bernay-de-l'Eure, où il habita place de l'Hôtel-de-Ville, à la gendarmerie établie au-dessus des bureaux de la mairie et contiguë à la sous-préfecture et au tribunal.

Le garçonnet allait bientôt avoir six ans; son père le mit à l'école chez M. Petit, instituteur, qui logeait, hélas ! rue de la Comédie, à côté du théâtre. Voir aller et venir des acteurs plaisait mieux à l'enfant que de s'appliquer à de mornes devoirs ; cependant il donnait de telles preuves d'intelligence qu'un prêtre, l'abbé Boulanger, vicaire de Sainte-Croix, se chargea de lui apprendre le latin, et, l'ayant familiarisé avec les règles de Lhomond, le fit admettre au collège de Bernay.

Il n'y resta guère, s'étant pris de querelle avec son professeur, attrapa une méchante fièvre typhoïde et fut ensuite employé au greffe du tribunal de commerce par le greffier, M. Malbranche.

Ce n'était pas là encore ce qu'il lui fallait. En ce greffe, ô prodigalité ! il usa force papier à écrire des vers, satiriques le plus souvent, et dont le secrétaire de la mairie, nommé Ernult Pontchartrain, qui avait de grands pieds dans de grands sabots, fut aux rires des Bernayenrs la plus fréquente victime — mais quel papier ? du papier timbré ! tant et si bien que, chassé du greffe, il se rapprocha des comédiens, trouva le moyen de leur rendre toutes sortes de petits services, et, à la faveur de ses complaisances, put connaître ce que c'est que des coulisses. Souventes fois aussi il allait s'amuser à l'imprimerie Duval, mais il n'y fut jamais apprenti typographe, non plus d'ailleurs qu'à Pont-Audemer.

Mais son père qui, sur ces entrefaites, le 27 novembre 1852, avait démissionné de la gendarmerie pour devenir agent de police à Bernay, le plaça chez un huissier.

Successivement, à la suite de la démission paternelle, la famille avait habité rue de Lisieux et rue de Boucheville. Rue de Lisieux, Albert Glatigny eut sa fièvre typhoïde et ses parents tremblèrent pour sa vie. Le logis de la rue de Boucheville fut le lieu d'une crise qui fut pire pour ces excellentes gens. C'était en 1855, le lendemain de la mi-carême. Le jeune clerc d'huissier avait accompagné d'hilares camarades dans les gaietés d'un carnaval ignorant des heures, si bien que la nuit avait passé et toute la matinée aussi. Quand il rentra à la maison, on était à table. Il y prit place. Mais sur les reproches que lui fit son père et sans rien répondre, car il n'avait rien à répondre en effet — le fils de l'agent de police n'avait pas été un exemple à donner aux jeunes gens de la ville — il se leva de sa chaise, jeta sa serviette et partit d'un tel furieux élan qu'il ne s'arrêta qu'à Pont-Audemer, affolé de liberté et résolu à vivre à sa guise, par ses propres moyens, gagnant son pain comme il le pourrait.

Bien lui prit alors d'avoir musé tant de fois dans l'imprimerie Duval, de s'y être récréé à lever la lettre; il s'embaucha et c'est là, devant sa casse, ou peut-être quand il fut comédien dans la troupe Blanchereau, n'ayant pas tardé à s'y enrôler, qu'il fit la connaissance et gagna l'amitié du député de l'arrondissement, M. Canet, dont l'appui et les conseils lui furent précieux en ces débuts.

Il serait fort malaisé et sans intérêt du reste de suivre Albert Glatigny dans les incessantes pérégrinations qui occupèrent toute sa vie. Qu'il suffise de dire que le ressentiment du fils, non plus que la rancune du père ne furent de longue durée. Dès qu'il lui plut, après mille aventures, de reparaître au gîte familial, le veau gras fut tué en l'honneur de l'enfant prodigue et plus jamais il n'y eut d'amertume entre deux cœurs si bien faits pour s'entendre.

Le 17 mars 1867, un dimanche, Glatigny débutait comme improvisateur à l'Alcazar du faubourg Poissonnière. Le succès qu'il obtint à ce jeu terrible des improvisations pouvait lui assurer de nouvelles ressources. Il pensa que par là lui viendrait la richesse peut-être, l'indépendance sûrement. Mais combien de fois encore dût-il reprendre des engagements dans les troupes errantes et rejouer les vieux mélodrames et les vaudevilles plus tristes que la mort ! Puis tout se compliqua de la maladie de poitrine que son voyage en Corse et l'absurde cruauté de Thessein aggravèrent. Ses dernières années ne furent qu'un long martyre, mais consolé, charmé, grisé quand même d'espérances par le plus pur et le plus touchant amour.

Il riait encore à la vie dans sa retraite de Sèvres, 11, avenue de Bellevue, quand, le mercredi 16 avril 1873, à l'âge de trente-quatre ans, la mort l'emporta.

Sa jeune femme ne lui survécut guère. Un an plus tard c'en était fait d'elle. Elle mourut entre le 20 et le 24 avril.

Et, fidèles gardiens de leur mémoire à tous deux, c'est au Hâvre où, chargés d'ans, ils s'étaient retirés, que son père et sa mère entendirent à leur tour sonner leur dernière heure, lui le 13 juillet 1898 : il avait quatre-vingt-un ans ; elle le 29 janvier 1904 : elle en comptait quatre-vingt-deux.

Albert Glatigny qui se divertit parfois à signer fils, neveu et victime de gendarme, aurait pu, de façon plus complète, signer fils, frère, neveu et victime de gendarme : car son frère Arthur porta, lui aussi, les aiguillettes et le chapeau en bataille. Et, chose curieuse, cinq ans après les brutales et meurtrières facéties de Thessein, en 1874, il fut nommé gendarme en Corse, à Bastia, où il se trouva avec deux collègues qui avaient coopéré à l'arrestation du poète. Mais on se pouvait comprendre. Ils étaient de ceux qui, braves cœurs, avaient de toutes leurs forces — et vainement, par malheur ! — tâché de vaincre l'obstination grotesque et têtue de leur chef.

ICONOGRAPHIE

M. GLATIGNY père en gendarme.

Mme GLATIGNY mère.

Mlle EMMA GLATIGNY.

M. GLATIGNY père, à 80 ans.

Vue de l'Hôtel de Ville de Bernay, où siège le Tribunal de Commerce dont, jadis, Glatigny fut l'employé.

GLATIGNY en 1857, au temps où il publia les *Vignes folles*.

Phot. Carjat.

GLATIGNY vers 1865.
Document appartenant à M. Ernest d'Hervilly.

Place d'Armes d'Alençon.
A droite de la place, les locaux du *Journal d'Alençon*, où Glatigny connut Poulet-Malassis.
C'est là que se décida la vocation lyrique du poète.

M. Couture. - Studia-Lux.

Cher Père,

Je vais m'enfermer pendant un mois dans le village dont tu vois la photo ci-dessus. Puis je viendrai [illegible] attendre [illegible] départ pour les Indes ou la publication de mon roman. La nuit, j'entends les ours grogner à cent pas à travers mes fenêtres. Il y a de la neige et des fleurs tout autour de moi. C'est superbe. Je tâcherai de te rapporter un chien des Pyrénées. [illegible] un mois [illegible] j'ai peur de la maladie.

Je t'embrasse toi et maman de tout cœur

Albert Glatigny

Hameau de Payolle
Vallée de la [illegible]
Htes Pyrénées

Lettre de GLATIGNY à son père, adressée de Payolle, où il se trouvait malade.

M. Couture - Studia-Lux.

Lettre adressée par GLATIGNY à ses parents, durant la Commune.

ALBERT GLATIGNY
D'après le bronze d'Alphonse GUILLOUX — Dessin de H. VIGNET.

Photographie prise par Hippolyte PERCEPIED et le caissier de l'éditeur Alphonse LEMERRE un matin, peu de temps avant le départ de Glatigny pour la villa Sainte-Marie, à Sèvres, où il devait mourir. — Glatigny demeurait alors au 4e étage de la maison des Bains (rue Neuve-des-Petits-Champs), près du passage Choiseul.

La photographie représente, outre le pauvre GLATIGNY, avec son chapeau, cache-nez et canne, l'éditeur Alphonse LEMERRE et Léon DEWEZ, devenu depuis directeur du *Journal des Voyages*.

Le lieu de pose est le pas de la porte de derrière de la boutique de Lemerre.

(Note de M. Ernest d'Hervilly).

Cl. Étienne Carjat.

GLATIGNY à 31 ans
(époque où il allait se marier)

Cl. Étienne Carjat.

A Péricaud qui fait le pitre et rime une ode
à Bruxelles en Brabant près Saint Josse-ten-Noode
Un pays, savez-vous, où l'on a de la voix
parce qu'on fait avec [illegible] pour une fois

Albert Glatigny

Ce quatrain a été couronné par l'A-
-cadémie belge de Poperinghe — 72

Dédicace de cette photographie à l'excellent acteur Péricaud, ami intime
du poète et l'interprète préféré de son théâtre.

Charge de GLATIGNY, par Ka-mill, publiée dans le *Méphistophelès*, journal satirique de Toulouse, en octobre 1868

La caricature représente l'auteur des *Vignes folles*.

Charge de GLATIGNY, par Durandeau, dans le *Masque* (1868).

Charge de Glatigny, par André Gill, publiée dans la *Lune* (mars 1867), temps où le poète faisait métier d'improvisateur à l'Alcazar.

TABLE DES MATIÈRES

20 Octobre 9

PAPIER, GRAVURE, IMPRESSION
L. GEISLER, AUX CHATELLES,
PAR RAON-L'ÉTAPE (VOSGES).

www.ingramcontent.com/pod-product-compliance
Ingram Content Group UK Ltd.
Pitfield, Milton Keynes, MK11 3LW, UK
UKHW020944180726
13838UKWH00003B/1122